A Torre de D. Ramires

Eça de Queiroz

A Torre de D. Ramires

© by Beatriz Berrini, 1997

Rua Dona Mariana, 250 casa 1 - Botafogo
CEP: 22280-020 - Rio de Janeiro, RJ
Tel/Fax: 537-7189 - 537-8275

Capa:
MIL Editoração

CIP-BRASIL CATALOGAÇÃO NA FONTE.
SINDICATO NACIONAL DOS EDITORES DE LIVROS, RJ.

Q43t
2.ed.

    Queiroz, Eça de, 1845-1900
       A torre de D. Ramires / Eça de Queiroz; [texto fixado pela professora Beatriz Berrini]. - 2. ed. - Rio de Janeiro : Lacerda Ed., 1997.

    ISBN 85-7384-007-2

    1. Novela portuguesa. I. Berrini, Beatriz II. Título.

97-1690   CDD869.3
                                                                    CDU 869.0-3

Realmente tudo o que uma editora poderia desejar para a sua estréia seria um texto inédito de Eça de Queiroz. Melhor não é possível imaginar em língua portuguesa.

Como já não há textos inéditos — pelo menos mais longos, em prosa de ficção — do grande homem, a Lacerda Editores escolheu desentranhar do monumento que é *A ilustre Casa de Ramires* a pequenina novela *A Torre de D. Ramires*, escrita pelo personagem principal do romance, Gonçalo Mendes Ramires. Assim, esse formidável livro, que nos traz nas suas primeiras páginas trechos arrebatadamente inesquecíveis como a genealogia dos Ramires (aqui reproduzida como um prefácio), também nos dá a oportunidade de conhecer em detalhe a outra grande obra que é a *Torre de D. Ramires*.

Não nos arrogamos o direito de achar que essa idéia é original. Até sabemos que não é, pois um grande amigo dos editores, queiroziano histórico, já fazia no seu exemplar de *A ilustre Casa* marcas separando a novela, para que pudesse lê-la independentemente. Chamava-se esse amigo Cláudio Oscar Soares Filho, à memória de quem esta publicação é dedicada.

Os Editores

Gonçalo Mendes Ramires (como confessava esse severo genealogista, o morgado de Cidadelhe) era certamente o mais genuíno e antigo Fidalgo de Portugal. Raras famílias, mesmo coevas, poderiam traçar a sua ascendência, por linha varonil e sempre pura, até aos vagos Senhores que entre Douro e Minho mantinham castelo e terra murada quando os barões francos desceram, com pendão e caldeira, na hoste do Borguinhão. E os Ramires entroncavam limpidamente a sua casa, por linha pura e sempre varonil, no filho do Conde Nuno Mendes, aquele agigantado Ordonho Mendes, senhor de Treixedo e de Santa Irenéia, que casou em 967 com Dona Elduara, Condessa de Carrion, filha de Bermudo, o Gotoso, Rei de Leão.

Mais antigo na Espanha que o Condado Portucalense, rijamente, como ele, crescera e se afamara o Solar de Santa Irenéia — resistente como ele às fortunas e aos tempos. E depois, em cada lance forte da História de Portugal, sempre um Mendes Ramires avultou grandiosamente pelo heroísmo, pela lealdade, pelos nobres espíritos. Um dos mais esforçados da linhagem, Lourenço, por alcunha o Cortador, colaço de Afonso Henriques (com quem na mesma noite, para receber a pranchada de Cavaleiro, velara as armas na Sé de Zamora), aparece logo na batalha de Ourique, onde também avista Jesus Cristo sobre finas nuvens de ouro, pregado numa cruz de dez côvados. No cerco de Tavira, Martim Ramires, freire de Santiago, arromba a golpes de acha um postigo da Couraça, rompe por entre as cimitarras que lhe decepam as duas mãos, e surde na quadrela da torre albarrã, com os dois pulsos a esguichar sangue, bradando alegremente ao Mestre: — "D. Payo Peres, Tavira é nossa! Real, Real por Portugal!" O velho Egas Ramires, fechado na sua Torre, com a levadiça erguida, as barbacãs eriçadas de frecheiros, nega acolhida a El-Rei D. Fernando e Leonor Teles que corriam o Norte em folgares e caçadas — para que a presença da adúltera não macule a pureza extrema do seu solar! Em Aljubarrota, Diogo Ramires o Trovador desbarata um troço de besteiros, mata o adiantado-mor de Galiza, e por ele, não por outro, cai derribado o pendão real de Castela, em que ao fim da lide seu irmão de armas, D. Antão de Almada, se embrulhou para o levar, dançando e cantando, ao Mestre de Avis. Sob os muros de Arzila combatem magnificamente dois Ramires, o idoso Soeiro e seu neto Fernão, e diante do cadáver do velho, trespassado por quatro virotes, estirado no pátio da Alcáçova ao lado do corpo do Conde de Marialva — Afonso V arma juntamente Cavaleiros o Príncipe seu filho e Fernão Ramires, murmurando entre lágrimas: "Deus vos queira tão bons como esses que aí jazem!..." Mas eis que Portugal se faz aos mares! E raras são então as armadas e os combates de Oriente em que se não esforce um Ramires — ficando na lenda trágico-marítima aquele nobre capitão do golfo Pérsico, Baltasar Ramires, que, no naufrágio da Santa Bárbara, *reveste a sua pesada armadura, e no castelo de proa, hirto, se afunda em silêncio com a nau que se afunda, encostado à sua grande espada. Em Alcácer-Quibir, onde dois Ramires sempre ao lado de El-Rei encontram morte soberba, o mais novo, Paulo Ramires, pajem do Guião, nem leso nem ferido, mas não querendo mais vida pois que El-Rei não vivia, colhe um ginete solto, apanha uma acha de armas, e gritando: — "Vai-te, alma, que já tardas, servir a de teu senhor!" — entra na chusma mourisca e para sempre desaparece. Sob os Filipes, os Ramires, amuados, bebem e caçam nas suas terras. Reaparecendo com os Braganças, um Ramires, Vicente, governador das Armas de Entre-Douro e Minho por D. João IV, mete a Castela, destroça os Espanhóis do Conde de Venavente, e toma Fuente Guiñal, a cujo furioso saque preside da varanda de um convento de Franciscanos, em mangas de camisa, comendo talhadas de melancia. Já, porém, como a nação, degenera a nobre raça... Álvaro Ramires, valido de D. Pedro II, brigão façanhudo, atordoa Lisboa com arruaças, furta a mulher de um Vedor da Fazenda que mandara matar a pauladas por pretos, incendeia em Sevilha depois de perder cem dobrões uma casa de tavolagem, e termina por comandar uma urca de piratas na frota de Murad o Maltrapilho. No reinado do Sr. D. João V Nuno Ramires brilha na Corte, ferra as suas mulas de prata, e arruína a casa celebrando suntuosas festas de Igreja, em que canta no coro vestido com o hábito de Irmão Terceiro de S. Francisco. Outro Ramires, Cristóvão, presidente da Mesa de Consciência e Ordem, alcovita os amores de El-Rei D. José I com a filha do Prior de Sacavém. Pedro Ramires, Provedor e Feitor-Mor das Alfândegas, ganha fama em todo o Reino pela sua obesidade, a sua chalaça, as suas proezas de glutão no Paço da Bemposta com o Arcebispo de Tessalônica. Inácio Ramires acompanha D. João VI ao Brasil como Reposteiro-Mor, negoceia em negros, volta com um baú carregado de peças de ouro que lhe rouba um Administrador, antigo frade capuchinho, e morre no seu solar da cornada de um boi. O avô de Gonçalo, Damião, doutor liberal dado às Musas, desembarca com D. Pedro no Mindelo, compõe as empoladas proclamações do Partido, funda um jornal, o Anti-Frade, e depois das Guerras Civis arrasta uma existência reumática em Santa Irenéia, embrulhado no seu capotão de briche, traduzindo para vernáculo, com um léxicon e um pacote de simonte, as obras de Valerius Flaccus. O pai de Gonçalo, ora Regenerador, ora Histórico, vivia em Lisboa no Hotel Universal, gastando as solas pelas escadarias do Banco Hipotecário e pelo lajedo da Arcada, até que um Ministro do Reino, cuja concubina, corista de S. Carlos, ele fascinara, o nomeou, (para o afastar da Capital) Governador Civil de Oliveira. Gonçalo, esse, era bacharel formado com um R no terceiro ano.*

E nesse ano justamente se estreou nas Letras Gonçalo Mendes Ramires.

Capítulo 1

O velho Tructesindo Ramires, na sala de armas de Santa Irenéia, conversava com seu filho Lourenço e seu primo D. Garcia Viegas, o Sabedor, de aprestos de guerra... Guerra! Por quê? Acaso pelos cerros arraianos corriam, ligeiros entre o arvoredo, almogávares mouros? Não! Mas desgraçadamente, "naquela terra já remida e cristã, em breve se cruzariam, umas contra outras, nobres lanças portuguesas!..."

Já os infantes D. Pedro e D. Fernando, esbulhados, andavam por França e Leão. Já com eles abandonara o Reino o forte primo dos Ramires, Gonçalo Mendes de Sousa, chefe magnífico da casa dos Sousas. E agora, encerradas nos castelos de Montemor e de Esgueira, as senhoras infantas, D. Teresa e D. Sancha, negavam a D. Afonso o senhorio real sobre as vilas, fortalezas, herdades e mosteiros, que tão copiosamente lhes doara El-Rei seu pai. Ora, antes de morrer no Alcáçar de Coimbra, o Senhor D. Sancho suplicara a Tructesindo Mendes Ramires, seu colaço e Alferes-Mor, por ele armado Cavaleiro em Lorvão, que sempre lhe servisse e defendesse a filha amada entre todas, a Infanta D. Sancha, senhora de Aveiras. Assim o jurara o leal Rico-Homem junto do leito onde, nos braços do Bispo de Coimbra e do Prior do Hospital sustentando a candeia, agonizava, vestido de burel como um penitente, o vencedor de Silves... Mas eis que rompe a fera contenda entre Afonso II, asperamente cioso da sua autoridade de Rei — e as Infantas, orgulhosas, impelidas à resistência pelos freires do Templo e pelos Prelados a quem D. Sancho legara tão vastos pedaços do Reino! Imediatamente Alenquer e os arredores doutros castelos são devastados pela hoste real que recolhia das Navas de Tolosa. Então D. Sancha e D. Teresa apelam para El-Rei de Leão, que entra com seu filho D. Fernando por terras de Portugal a socorrer as "donas oprimidas".

> *Que farás tu, mais velho dos Ramires?*
> *Se ao pendão leonês juntas o teu*
> *Trais o preito que deves ao Rei vivo!*
> *Mas se as Infantas deixas indefesas*
> *Trais a jura que destes ao Rei morto!...*

Esta dúvida, porém, não angustiara a alma desse Tructesindo rude e leal que o Fidalgo da Torre rijamente modelava. Nessa noite, apenas recebera pelo irmão do Alcaide de Aveiras, disfarçado em beguino, um aflito recado da senhora D. Sancha — ordenava a seu filho Lourenço que, ao primeiro arrebol, com quinze lanças, cinqüenta homens de pé da sua mercê e quarenta besteiros, corresse sobre Montemor. Ele no entanto daria alarido — e em dois dias entraria a campo com os parentes de solar, um troço mais rijo de Cavaleiros acontiados e de frecheiros, para se juntar a seu primo, o *Sousão*, que na vanguarda dos leoneses descia de Alva-do-Douro.

Depois logo de madrugada o pendão dos Ramires, o Açor negro em campo escarlate, se plantara diante das barreiras gateadas: e ao lado, no chão, amarrado à haste por uma tira de couro, reluzia o velho emblema senhorial, o sonoro e fundo caldeirão polido. Por todo o Castelo se apressavam os serviçais, despendurando as cervilheiras, arrastando com fragor pelas lajes os pesados saios de malhas de ferro. Nos pátios os armeiros aguçavam ascumas, amaciavam a dureza das grevas e coxotes com camadas de estopa. Já o adail, na ucharia, arrolara as rações de vianda para os dois quentes dias da arrancada. E por todas as cercanias de Santa Irenéia, na doçura da tarde, os tambores mouriscos, abafados no arvoredo, tarará! tarará! ou mais vivos nos cabeços, ratatã! ratatã! convocavam os Cavaleiros de soldo e a peonagem da mesnada dos Ramires.

No entanto o irmão do Alcaide, sempre disfarçado em beguino, de volta ao castelo de Aveiras com a boa nova de prestes socorros, transpunha ligeiramente a levadiça da cárcova...

À moça, que na fonte enchia a bilha,
O frade rouba um beijo e diz Amém!

A moça, furiosa, gritou: *Fu! Fu! vilão!* E o beguino, assobiando, aligeirou as sandálias pelo córrego, na sombra das altas faias, enquanto que por todo o fresco vale, até Santa Maria de Craquede, os tambores mouriscos, tararã! ratatã! convocavam a mesnada dos Ramires, na doçura da tarde...

Era noite, e o sino de recolher tangera, e a almenara luzira na Torre Albarrã, e Tructesindo Ramires descera à sala térrea da alcáçova para cear — quando fora, diante da cárcova, com três toques fortes anunciando filho de algo, uma buzina apressada soou. E, sem que o vilico tomasse permissão do senhor, o alçapão da levadiça rangeu nas correntes de ferro, ribombou cavamente nos apoios de pedra. Quem assim chegava em dura pressa era Mendo Pais, amigo de Afonso II e mordomo da sua Cúria, casado com a filha mais velha de Tructesindo, D. Teresa — aquela que, pelo ondeante e alvo pescoço, pelo pisar mais leve que um vôo, os Ramires chamavam a *Garça Real*. O Senhor de Santa Irenéia correra ao patim para acolher, num abraço, o genro amado — "membrudo Cavaleiro, com os cabelos ruivos, a alvíssima pele da raça germânica dos visigodos..." E, de mãos enlaçadas, ambos penetraram nessa sala de abóbada, alumiada por tochas que toscos anéis de ferro seguravam, chumbados aos muros.

E caminhando nos ladrilhos sonoros, desde a lareira até o arco da porta cerrado por uma cortina de couro, Tructesindo, com a branca barba espalhada sobre os braços cruzados, escutava Mendo Pais, que, na confiança de parente e amigo, jornadeara sem homens da sua mercê, cingindo apenas por cima do brial de lã cinzenta uma espada curta e um punhal sarraceno. Açodado e coberto de pó correra Mendo Pais desde Coimbra para suplicar ao sogro, em nome do Rei e dos preitos jurados, que se não bandeasse com os de Leão e com as senhoras Infantas. E já desenrolara ante o velho todos os fundamentos invocados contra elas pelos doutos Notários da Cúria — as resoluções do Concílio de Toledo! a bula do Apóstolo de Roma, Alexandre! o velho foro dos Visigodos!... De resto, que injúria fizera às senhoras Infantas seu real irmão, para assim chamarem hostes Leonesas a terras de Portugal? Nenhuma! Nem Regedoria nem renda dos castelos e vilas da doação de D. Sancho lhes negava o senhor D. Afonso. O Rei de Portugal só queria que nenhum palmo de chão português, baldio ou murado, jazesse fora de seu senhorio real. Escasso e ávido, El-Rei D. Afonso?... Mas não entregara ele à senhora D. Sancha oito mil morabitinos de ouro? E a gratidão da irmã fora o Leonês passando a raia e logo caídos os castelos formosos de Ulgoso, de Contrasta, de Urros e de Lanhoselo! O mais velho da casa dos Sousas, Gonçalo Mendes, não se encontrara ao lado dos Cavaleiros da Cruz na jornada das Navas, mas lá andava em recado das Infantas, como mouro, talando terra portuguesa desde Aguiar até Miranda! E já pelos cerros de Além-Douro aparecera o pendão renegado das treze arruelas — e por trás, farejando, a alcatéia dos Castros! Carregada ameaça, e de armas cristãs, oprimindo o Reino — quando ainda Moabitas e Agarenos corriam à rédea solta pelos campos do Sul!... E o honrado Senhor de Santa Irenéia, que tão rijamente ajudara a fazer o Reino, não o deveria decerto desfazer arrancando dele os pedaços melhores para monges e para donas rebeldes! — Assim, com arremessados passos, exclamara Mendo Pais, tão acalorado do esforço e da emoção, que duas vezes encheu de vinho uma conca de pau e de um trago a despejou. Depois, limpando a boca às costas da mão trêmula:

— Ide por certo a Montemor, senhor Tructesindo Ramires! Mas em recado de paz e boa avença, persuadir vossa senhora D. Sancha e as Senhoras Infantas que voltem honradamente a quem hoje contam por seu pai e seu Rei!

O enorme senhor de Santa Irenéia parara, pousando no genro os olhos duros, sob a ruga das sobrancelhas, hirsutas e brancas como sarças em manhã de geada:

— Irei a Montemor, Mendo Pais, mas levar o meu sangue e o dos meus para que justiça logre quem justiça tem.

Então Mendo Pais, amargurado, ante a heróica teima:

— Maior dó, maior dó! Será bom sangue de Ricos-homens vertido por más desforras... Senhor Tructesindo Ramires, sabei que em Canta-Pedra vos espera Lopo de Baião, o *Bastardo*, para vos tolher a passagem com cem lanças!

Tructesindo ergueu a vasta face — com um riso tão soberbo e claro que os alões rosnaram torvamente, e, acordando, o falcão esticou a asa lenta:

— Boa nova e de boa esperança! E, dizei, senhor Mordomo-Mor da Cúria, tão de feição e certa assim ma trazeis para me intimidar?

— Para vos intimidar?... Nem o Senhor Arcanjo

S. Miguel vos intimidaria descendo do céu com toda a sua hoste e a sua espada de lume! De sobra o Rei, Senhor Tructesindo Ramires. Mas casei na vossa casa. E já que nesta lide não sereis por mim bem ajudado, quero, ao menos, que sejais bem avisado.

O velho Tructesindo bateu as palmas para chamar os sergentes:

— Bem, bem, a cear, pois! À ceia, Frei Múnio!... E vós, Mendo Pais, deixai receios.

— Se deixo! Não vos pode vir dano que me anseie de cem lanças, de duzentas, que vos surjam a caminho.

E, enquanto o monge enrolava o seu pergaminho, se acercava da mesa — Mendo Pais ajuntou com tristeza, desafivelando vagarosamente o cinturão da espada:

— Só um cuidado me pesa. E é que, nesta jornada, senhor meu sogro, ides ficar de mal com o Reino e com o Rei.

— Filho e amigo! De mal ficarei com o Reino e com o Rei, mas de bem com a honra e comigo!

Ora na grande batalha,
Quatro Ramires valentes...

Capítulo 2

E na frescura da madrugada, Lourenço Mendes Ramires, com o troço de Cavaleiros e peonagem da sua mercê, corria sobre Montemor em socorro das senhoras Infantas. Mas, ao penetrar no vale de Canta-Pedra, eis que o esforçado filho de Tructesindo avista a mesnada do Bastardo de Baião, esperando desde alva (como anunciara Mendo Pais) para tolher a passagem.

Lopo de Baião, cuja beleza loura de Fidalgo godo era tão celebrada por toda a terra de Entre-Minho e Douro que lhe chamavam o Claro-Sol, amara arrebatadamente D. Violante, a filha mais nova de Tructesindo Ramires. Em dia de S. João, no solar de Lanhoso, onde se celebravam lides de touros e jogos de tavolagem, conhecera ele a donzela esplêndida.

Que líquido fulgor dos negros olhos!
Que fartas tranças de lustroso ébano!

E ela, certamente, rendera também o coração àquele moço resplandecente e cor de ouro, que, nessa tarde de festa, arremessando o rojão contra os touros, ganhara duas faixas bordadas pela nobre dona de Lanhoso — e à noite, no sarau, se requebrara com tão repicado garbo na dança dos Marchatins... Mas Lopo era bastardo, dessa raça de Baião, inimiga dos Ramires por velhíssimas brigas de terras e precedências desde o Conde D. Henrique — ainda assanhadas depois, durante as contendas de D. Tareja e de Afonso Henriques, quando na cúria dos Barões, em Guimarães, Mendo de Baião, bandeado com o Conde de Trava, e Ramires o *Cortador*, colaço do moço Infante, se arrojaram às faces os guantes ferrados. E, fiel ao ódio secular, Tructesindo Ramires recusara com áspera arrogância a mão de Violante ao mais velho dos de Baião, um dos valentes de Silves, que pelo Natal, na Alcáçova de Sta Irenéia, lha pedira para Lopo, seu sobrinho, o *Claro-Sol*, oferecendo avenças quase submissas de aliança e doce paz. Este ultraje revoltara o solar de Baião — que se honrava em Lopo, apesar de bastardo, pelo lustre da sua bravura e graça galante. E então Lopo, ferido doridamente no seu coração, mais furiosamente no seu orgulho, para fartar o esfaimado desejo, para infamar o claro nome dos Ramires — tentou raptar D. Violante. Era na primavera, com todas as veigas do Mondego já verdes. A donosa senhora, entre alguns escudeiros da Honra e parentes, jornadeava de Treixedo ao mosteiro de Lorvão, onde sua tia D. Branca era abadessa...

> *Junto à fonte mourisca, entre os olmeiros,*
> *A cavalgadura pára...*

E junto aos olmeiros da fonte surgira o *Claro-Sol* — que, com os seus, espreitava de um cabeço! Mas, logo no começo da curta briga, um primo de D. Violante, o agigantado senhor dos Paços de Avelim, o desarmou, o manteve um momento ajoelhado sob o lampejo e gume da sua adaga. E com vida perdoada, rugindo de surda raiva, o Bastardo abalou entre os poucos solarengos que o acompanhavam nesta afoita arremetida. Desde então mais fero ardera o rancor entre os de Baião e os Ramires. E eis agora, nesse começo da Guerra das Infantas, os dois inimigos rosto a rosto no vale estreito de Canta-Pedra! Lopo com um bando de trinta lanças e mais de cem besteiros da Hoste Real. Lourenço Mendes Ramires com quinze Cavaleiros e noventa homens de pé do seu pendão.

Agosto findava: e o demorado estio amarelecera toda a relva, as pastagens famosas do vale, até a folhagem de amieiros e freixos pela beira do riacho das Donas que se arrastava entre as pedras lustrosas, em fios escassos, com dormido murmúrio. Sobre um outeiro, dos lados de Ramilde, avultava, entre possantes ruínas eriçadas de sarças, a denegrida *Torre Redonda*, resto da velha Honra de Avelãs, incendiada durante as cruas rixas dos de Salzedas e dos de Landim, e agora habitada pela alma gemente de Guiomar de Landim, a *Mal-casada*. No cabeço fronteiro e mais alto, dominando o vale, o mosteiro de Recadães estendia as suas cantarias novas, com o forte torreão, assetado como o duma fortaleza — donde os monges se debruçavam, espreitando, inquietos com aquele coriscar de armas que desde alva enchia o vale. E o mesmo temor acossara as aldeias chegadas — porque, sobre a crista das colinas, se apressavam para o santo e murado refúgio do convento gentes com trouxas, carros toldados, magras filas de gados.

Ao avistar tão rijo troço de Cavaleiros e peões, espalhado até à beira do riacho por entre a sombra dos freixos, Lourenço Ramires sofreou, susteve a leva, junto dum montão de pedras onde apodrecia, encravada, uma tosca cruz de pau. E o seu esculca que largara rédeas soltas, estirado sob o escudo de couro, para reconhecer a mesnada — logo voltou, sem que frecha ou pedra de funda o colhessem, gritando:

— São homens de Baião e da Hoste Real!

Tolhida pois a passagem! E em que desigualado

recontro! Mas o denodado Ramires não duvidou avançar, travar peleja. Sozinho que assomasse ao vale, com uma quebradiça lança de monte, arremeteria contra todo o arraial do Bastardo... — No entanto já o Adail de Baião se adiantara, curveteando no rosilho magro, com a espada atravessada por cima do morrião que penas de garça emplumavam. E pregoava, atroava o vale com o rouco pregão:

— Deter, deter! que não há passagem! E o nobre senhor de Baião, em recado de El-Rei e por mercê de Sua Senhoria, vos guarda vidas salvas se volverdes costas sem rumor e tardança!

Lourenço Ramires gritou:

— A ele, besteiros!

Os virotes assobiaram. Toda a curta ala dos Cavaleiros de Santa Irenéia tropeou para dentro do vale, de lanças ristadas. E o filho de Tructesindo, erguido nos estribões de ferro, debaixo do pano solto do seu pendão que apressadamente o Alferes sacara da funda, descerrou a viseira do casco para que lhe mirassem bem a face destemida, e lançou ao Bastardo injúrias de furioso orgulho:

— Chama outros tantos dos vilões que te seguem que, por sobre eles e por sobre ti, chegarei esta noite a Montemor!

E o Bastardo, no seu fouveiro, que uma rede de

malha cobria, toda acairelada de ouro, atirava a mão calçada de ferro, clamava:

— Para trás, donde vieste, voltarás, burlão traidor, se eu por mercê mandar a teu pai o teu corpo numas andas!

— Ala! Ala!

— Rompe! Rompe!

— Cerra por Baião!

— Casca pelos Ramires!

Através da grossa poeirada e do alevanto zunem os garruchões, as rudes balas de barro despedidas das fundas. Almograves de Santa Irenéia, almograves da Hoste Real, em turmas ligeiras, carregam, topam, com baralhado arremesso de ascumas que se partem, de dardos que se cravam: e ambas logo refogem, refluem — enquanto, no chão revolto, algum malferido estrebucha aos urros, e os atordoados cambaleando buscam, sob o abrigo do arvoredo, a fresquidão do riacho. Ao meio, no embate mais nobre da peleja, por cima dos corcéis que se empinam, arfando ao peso das coberturas de malha, as lisas pranchas dos montantes lampejam, retinem, embebidas nas chapas dos broquéis: — e já, dos altos arções de couro vermelho, desaba algum hirto e chapeado senhor, com um baque de ferragens sobre a terra mole. Cavaleiros e infanções, porém, como num torneio, apenas terçam lanças para se derribarem, abolados os arneses, com clamores de excitada ufania: e sobre a vilanagem contrária, em quem cevam o furor da matança, se abatem os seus espadões, se despenham as suas achas, esmigalhando os cascos de ferro como bilhas de greda.

Por entre a peonagem de Baião e da Hoste Real Lourenço Ramires avança mais levemente que ceifeiro apressado entre erva tenra. A cada arranque do seu rijo murzelo, alagado de espuma, que sacode furiosamente a testeira rostrada — sempre, entre pragas ou gritos por *Jesus!* um peito verga trespassado, braços se retorcem em agonia. Todo o seu afã era chocar armas com Lopo. Mas o Bastardo, tão arremessado e afrontador em combate, não se arredara nessa manhã da lomba do outeiro onde uma fila de lanças o guardava, como uma estacada: e com brados, não com golpes, aquentava a lide! No ardor desesperado de romper a viva cerca Lourenço gastava as forças, berrando roucamente pelo Bastardo com os duros ultrajes de *churdo!* e *marrano!* Já dentre a trama falseada do camalho lhe borbulhavam do ombro, pela loriga, fios lentos de sangue. Um lanço de virotão, que lhe partira as charneiras da greva esquerda, fendera a perna donde mais sangue brotava, ensopando o forro de estopa. Depois, varado por uma frecha na anca, o seu grande ginete abateu, rolou, estalando no escoucear as cilhas pregueadas. E, desembrulhado dos loros com um salto, Lourenço Ramires encontrou em roda uma sebe eriçada de espadas e chuços, que o cerraram — enquanto do outeiro, debruçado na sela, o Bastardo bramava:

— Tende! tende! para que o colhais às mãos!

Trepando por cima de corpos, que se estorcem sob os seus sapatos de ferro, o valente moço arremete, a golpes arquejados, contra as pontas luzentes que recuam, se furtam... E, triunfantes, redobram os gritos de Lopo de Baião:

— Vivo, vivo! tomade-lo vivo!

— Não, se me restar alma, vilão! — rugia Lourenço.

E mais raivosamente investia, quando um calhau agudo lhe acertou no braço — que logo amorteceu, pendeu, com a espada arrastando, presa ainda ao punho pelo grilhão, mas sem mais servir que uma roca. Num relance ficou agarrado por peões que lhe filavam a gorja, enquanto outros com varadas de ascuma lhe vergavam as pernas retesadas. Tombou por fim direito como um madeiro: — e nas cordas com que logo o amarraram, jazeu hirto, sem elmo, sem cervilheira, os olhos duramente cerrados, os cabelos presos numa pasta de poeira e de sangue.

Eis pois cativo Lourenço Ramires! E, diante das andas feitas de ramos e franças de faias em que o estenderam, depois de o borrifarem à pressa com a água fresca do riacho, — o Bastardo, limpando às costas da mão o suor que lhe escorria pela face formosa, pelas barbas douradas, murmurava, comovido:

— Ah! Lourenço, Lourenço, grande dor, que bem pudéramos ser irmãos e amigos!

Capítulo 3

Na sua lealdade sublime e simples, Tructesindo não cuida do filho — adia a desforra do amargo ultraje. E o seu esforço todo se comete a apressar os aprestos da mesnada, para correr ele sobre Montemor, e levar às Senhoras Infantas os socorros de que as privara a emboscada de Canta-Pedra! Mas quando o impetuoso Rico-Homem com o Adail, na sala de armas, regia a ordem da arrancada — eis que os esculcas, abrigados do calor de agosto nos miradouros, enxergam ao longe, para além do arvoredo da Ribeira, coriscos de armas, uma cavalgada subindo para Santa-Irenéia. O Vilico, o gordo e azafamado Ordonho, galga arquejando aos eirados da torre albarrã — e reconhece o pendão de Lopo de Baião, o seu toque de trompas à mourisca, arrastado e triste no silêncio dos campos. Então arqueia as cabeludas mãos na boca, atira o alarido:

— Armas, armas! que é gente de Baião!... Besteiros, às quadrelas! Homens em chusma às levadiças da cárcova!

Temerosa, com efeito, se erguia a antiga Honra de Santa Irenéia, nessa Afonsina manhã de agosto e rijo sol, em que o pendão do Bastardo surgira, entre fulgidos de armas, para além dos arvoredos da Ribeira! Já por todas as ameias se apinhavam os besteiros, espiando, encurvadas as bestas. Das torres e adarves subia o fumo grosso do breu, fervendo nas cubas, para despejar sobre os homens de Baião que tentassem a escalada. O Adail corria pelas quadrelas, relembrando as traças de defesa, revistando os feixes de virotões, os pedregulhos de arremesso. E no imenso terreiro, por entre os alpendres colmados, surdiam velhos solarengos, servos do forno, servos da abegoaria, que se benziam com terror, puxavam pelo saião de algum apressado homem de rolda, para saberem da hoste que avançava. No entanto a cavalgada passara a Ribeira sobre a rude ponte de pau — já, por entre os álamos, serenamente se acercava do Cruzeiro de granito, outrora erguido nos confins da Honra por Gonçalo Ramires, o Cortador. E, no sossego da manhã abrasada, mais fundamente ressoaram as buzinas do Bastardo, e o seu toque lento e triste à mourisca...

Quando o Vilico, o velho Ordonho, reconhecia o pendão do Bastardo surgindo à borda da ribeira do Coice entre o coriscar de lanças empinadas, passando a antiga ponte de madeira, e, um momento sumido na verdura dos álamos, de novo avançando, alto e tendido, até o rude Cruzeiro de pedra de Gonçalo Ramires o *Cortador*... O gordo Ordonho então, atirando o brado de — "Prestes, prestes! que é gente de Baião!" — descambava pelo escadão da muralha como um fardo que rola.

No entanto Tructesindo Ramires, no empenho de aprestar a sua mesnada e abalar sobre Montemor, regera já com o Adail a ordem da arrancada, mandando que as buzinas soassem mal o sol batesse na margela do Poço grande. E agora, na sala alta da Alcáçova, conversava com o seu primo de Riba-Cávado e costumado camarada de armas, D. Garcia Viegas — ambos sentados nos poiais de pedra duma funda janela, onde uma bilha d'água com o seu púcaro refrescava entre vasos de manjericão. D. Garcia Viegas era um velho esgalgado e ágil, de escuro carão rapado, com uns miúdos olhos coruscantes — que merecera a alcunha de *Sabedor* pela viveza e suculência do seu dizer, as suas infinitas manhas de guerra, e a prenda de falar latim mais doutamente que um Clérigo da Cúria. Convocado por Tructesindo, como os outros parentes de solar, para engrossar a mesnada dos Ramires em serviço das Infantas, correra logo a Santa Irenéia fielmente com o seu pequeno poder de dez lanças — começando por saquear no caminho a herdade de Palha-Cã, dos de Severosa, que andavam com pendão alto na Hoste Real contra as Donas oprimidas. Tão rijamente se apressara que, desde a madrugada, apenas comera sobre a sela, em Palha-Cã, duas rodelas dos chouriços roubados. E com a sede da afogueada correria, ainda na emoção de tão amarga nova, a derrota de Lourenço Ramires seu afilhado, novamente enchia d'água o púcaro de barro — quando pela porta da sala de armas, que três cabeças de javali dominavam, rompeu o velho Ordonho esbaforido:

— Sr. Tructesindo! Sr. Tructesindo Ramires! o Bastardo de Baião passou a Ribeira, vem sobre nós com grande troço de lanças!

O velho Rico-Homem saltou do poial. E arremessando a mão cabeluda, cerrada com sanha, como se já pela gorja empolgasse o Bastardo:

— Pelo sangue de Cristo! em boa hora vem que nos poupa caminho! Hein, Garcia Viegas? A cavalo e sobre ele...?

Mas, rente aos trôpegos calcanhares de Ordonho, correra um Coudel de Besteiros, que gritou dos umbrais, sacudindo o capelo de couro:

— Senhor! Senhor! A gente de Baião parou ao Cruzeiro! E um Cavaleiro moço, com um ramo verde, está diante das barbacãs, como trazendo mensagem...

Tructesindo bateu o sapato de ferro sobre as lajes, indignado com tal embaixada mandada por tal vilão...
— Mas Garcia Viegas, que dum sorvo enxugara o púcaro, recordou serenamente e lealmente os preceitos:

— Tende, tende, primo e amigo! Que, por uso e lei de aquém e de além serras, sempre mensageiro com ramo se deve escutar...

— Seja pois! — bradou Tructesindo. — Ide vós fora às barreiras com duas lanças, Ordonho, e sabei do recado!

O Vilico rebolou pela denegrida escada de caracol até ao patim da Alcáçova. Dois acostados, de lança ao ombro, recolhendo de alguma rolda, conversaram com o armeiro, que sarapintara de amarelo e escarlate cabos de ascumas novas e as enfileirava contra o muro para secarem.

— Por ordem do Senhor! — gritou Ordonho. — Lança direita, e comigo às barbacãs, a receber mensagem!...

Ladeado pelos dois homens que se aprumaram, atravessou as barreiras; e pelo postigo da barbacã, que uma quadrilha de besteiros guardava, saiu ao terreiro da Honra, largueza de terra calcada, sem relva ou árvore, onde se erguiam ainda as traves carcomidas duma antiga forca, e se amontoavam agora, para os consertos da Alcáçova, ripas de madeira, e grossas cantarias lavradas. Depois, sem arredar do umbral, empinando o ventre entre os dois acostados, bradou ao moço Cavaleiro, que esperava sob o rijo sol, sacudindo os moscardos com o seu ramo de amoreira:

— Dizei de que gente sois! e a que vindes! e que credência trazeis!...

E como arqueara logo a mão inquieta sobre a orelha — o Cavaleiro, serenamente, entalando o ramo entre o coxote e o arção, arqueou também os dois guantes reluzentes de escamas na abertura do casco, bradou:

— Cavaleiro do solar de Baião!... Credência não trago que não trago embaixada... Mas o Sr. D. Lopo ficou além ao Cruzeiro, e deseja que o nobre Sr. da Honra, o Sr. Tructesindo Ramires, o escute do eirado da barbacã...

O Vilico saudou — recolheu pela poterna abobadada da torre albarrã, murmurando para os dois acostados:

— O Bastardo vem a tratar o resgate do Sr. Lourenço Ramires...

Ambos rosnaram:

— Feio feito.

Mas, quando Ordonho ofegante se apressava para a Alcáçova, encontrou no pátio Tructesindo Ramires — que, na irada impaciência daquelas delongas do

Bastardo, descera, todo armado. Sobre o comprido brial de lã verde-negra, que recobria a vestidura de malha, as suas barbas rebrilhavam, mais brancas, atadas num grosso nó como a cauda dum corcel. Do cinturão tauxiado de prata pendia a um lado o punhal recurvo, a buzina de marfim — ao outro uma espada goda, de folha larga, com alto punho dourado onde cintilava uma pedra rara trazida outrora da Palestina por Gutierres Ramires, o *de Ultramar*. Um sergente conduzia sobre uma almofada de couro os seus guantes, o seu capelo redondo, de viseira gradada, como usara El-Rei D. Sancho: outro carregava o imenso broquel, da forma dum coração, revestido de couro escarlate, com o Açor negro rudemente pintado, esgalhando as garras furiosas. E o Alferes, Afonso Gomes, seguia com o guião enrolado na funda de lona.

Com o velho Rico-Homem descera D. Garcia Viegas, e os outros parentes do Solar — o decrépito Ramiro Ramires, um veterano da tomada de Santarém, torcido pelos reumatismos como a raiz de um roble, e arrimando os passos trêmulos, não a um bastão, mas a um chuço; o formoso Leonel, o mais moço dos Samoras de Cendufe, o que matara os dois ursos nos brejos de Cachamuz e que tão bem trovava; Mendo de Briteiros, o das barbas vermelhas, grande queimador de bruxas, ledo arranjador de folgares e danças;

e o agigantado Senhor dos Paços de Avelim, todo coberto, como um peixe fabuloso, de escamas que reluziam. Como o sol se acercava da margela do Poço grande, marcando a hora da arrancada sobre Montemor — já, dos fundos alpendres que escondiam os campos do tavolado, os cavalariços puxavam os ginetes de guerra, com as suas altas selas pregueadas de prata, as ancas e os peitos resguardados por coberturas de couro franjado que rojavam nas lajes. Por todo o Castelo se espalhara que o Bastardo, depois da lide fatal aos Ramires, correra de Canta-Pedra, ameaçava a Honra: — e debruçados dos passadiços que ligavam a muralha aos contrafortes da Alcáçova, ou metidos por entre os engenhos de arremesso que atulhavam as corredoiras, os moços da ucharia, os servos das hortas, os vilões acolhidos para dentro das barbacãs, espreitavam o Senhor de Santa Irenéia e aqueles Cavaleiros fortes, com ansiedade, tremendo do assalto dos de Baião e dessas horrendas bolas de ferro, cheias de fogo, que agora as mesnadas Cristãs arrojavam tão destramente como as hordas Sarracenas. — No entanto com a sua gorra esmagada contra o peito, Ordonho, arfando, apresentava a Tructesindo o recado do Bastardo:

— É Cavaleiro moço, não traz credência... O Sr. Bastardo espera ao Cruzeiro... E pede que o atendais da quadrela das barbacãs...

— Que se acerque, pois! — gritou o velho. — E com quantos queira dos vilões que o seguem!

Mas Garcia Viegas, o *Sabedor*, sempre avisado, com a sua esperta mansidão:

— Tende, primo e amigo, tende! Não subais vós à tranqueira antes que eu me assegure se Baião nos vem com arteirice ou falsura.

E entregando a sua pesada lança de faia a um donzel, enfiou pela escada soturna da Torre albarrã. Em cima, no eirado, sussurrando um *chuta! chuta!* à fila de besteiros que guarnecia as ameias, atenta e com a besta encurvada — penetrou no miradouro, espiou pela seteira. O arauto de Baião galopara para o Cruzeiro, que uma selva movediça de lanças rodeava coriscando. E curto recado lançou — porque logo, no seu fouveiro acobertado por uma rede de malha acairelada de ouro, Lopo de Baião despegou do denso troço de Cavaleiros, com a viseira erguida, sem lança ou ascuma de monte, e ociosas sobre o arção da sela mourisca as mãos onde se enrodilhavam as bridas de couro escarlate. Depois, a um toque arrastado de buzina, avançou para as barbacãs da Honra, vagarosamente, como se acompanhasse um saimento. Não movera o seu pendão amarelo e negro. Apenas seis infanções o escoltavam, também sem lança ou broquel, com sobrevestes de pano roxo sobre os saios de malha. Atrás quatro alentados besteiros carregavam aos ombros umas andas, toscamente armadas com troncos de árvores, onde um homem jazia estirado, como morto, coberto, contra o calor e os moscardos, por leves folhagens de acácia. E um monge seguia numa mula branca, segurando misturadamente com as rédeas um crucifixo de ferro, sobre que pendia a orla do seu capuz e uma ponta de barba negra.

Da seteira, mesmo sem descortinar por entre a camada de ramagens a face do homem estendido nas andas, o *Sabedor* adivinhou Lourenço Ramires, o doce afilhado que tanto amara, que tão bem ensinara a terçar lanças e a treinar falcões. E cerrando os punhos, gritando surdamente — "Bem prestos! besteiros, bem prestos!" — desceu a escura escadaria, tão arremessado pela cólera e pela mágoa que o seu elmo cavamente bateu contra o arco da porta, onde o esperava Tructesindo com os Cavaleiros parentes.

— Senhor primo! — bradou. — Vosso filho Lourenço está diante das barreiras da Honra deitado sobre umas andas!

Com um rosnar de espanto, um atropelo dos sapatos de ferro sobre as lajes sonoras, todos seguiram pela poterna da albarrã o Rico Homem — até o escadão de madeira que se empurrava contra a quadrela das barbacãs. E, quando o enorme velho surgiu no eirado, um silêncio pesou, tão ansioso, que se sentia para além do vergel o chiar triste e lento da nora e o latir dos mastins.

No terreiro, em frente à cancela gateada, o Bastardo esperava, imóvel sobre o seu ginete, com a formosa face bem levantada, a face de *Claro-Sol*, onde as barbas aneladas, caindo nas solhas do arnês, rebrilhavam como ouro novo. Vergando o capelo de ouropel, saudou Tructesindo com gravidade e preito. Depois alçou a mão, que descalçara do guante. E num considerado e sereno falar:

— Senhor Tructesindo Ramires, nestas andas vos trago vosso filho Lourenço, que em lide leal, no vale de Canta-Pedra, colhi prisioneiro e me pertence pelo foro dos Ricos-Homens de Espanha. E de Canta-Pedra caminhei com ele para vos pedir que entre nós findem estes homizios e estas feias brigas que malbarataram sangue de bons Cristãos... Senhor Tructesindo Ramires, como vós venho de Reis. De D. Afonso de Portugal recebi a pranchada de Cavaleiro. Toda a nobre raça de Baião se honra em mim... Consenti em me dar a mão de vossa filha D. Violante, que eu quero e que me quer, e mandai erguer a levadiça para que Lourenço ferido entre no seu solar e eu vos beije a mão de pai.

Das andas, que estremeceram sobre os ombros dos besteiros, um desesperado brado partiu:

— Não, meu pai!

E hirto na borda do eirado, sem descruzar os braços, o velho Tructesindo retomou o brado — que por todo o terreiro da Honra rolou, mais arrogante e mais cavo:

— Meu filho, antes de mim, te respondeu, vilão!

Como se uma pontoada de lança lhe topasse o peito, o Bastardo vacilou na alta sela: e, colhido pelo repuxão das rédeas, o seu fouveiro recuou alteando a testeira dourada. Mas, a um novo arremesso, repulou contra a cancela. E Lopo de Baião erguido sobre os estribos, gritava com ânsia, com furor:

— Sr. Tructesindo Ramires, não me tenteis!...

— Arreda, vilão e filho de viloa, arreda! — clamou soberbamente o velho, sem desprender os braços de sobre o levantado peito, na sua rija imobilidade e teima, como se todo o corpo e alma fossem de rijo ferro.

Então o Bastardo, arrojando o guante contra o muro da barbacã, rugiu, chamejante e rouco:

— Pois pelo sangue de Cristo e pela alma de todos os meus te juro, que se me não dás neste instante essa mulher que eu quero e que me quer, sem filho ficas, que por minhas mãos, diante de ti e nem que todo o Céu acuda, lhe acabo o resto da vida!

Já na mão lhe lampejava um punhal. Mas num ímpeto de sublime orgulho, um ímpeto sobre-humano, em que cresceu como outra escura torre entre as torres da Honra, Tructesindo arrancara a espada:

— Com esta, covarde! com esta! Para que seja puro, não vil como o teu, o ferro que atravessar o coração de meu filho!

Furiosamente, com as duas possantes mãos, arremessou a espada, que rodopiou silvando e faiscando, se cravou no duro chão, onde tremia, ainda faiscava, como se uma cólera heróica também a animasse. E no mesmo relance, com um urro, um salto do ginete, o Bastardo, debruçado do arção, enterrara o punhal na garganta de Lourenço — em golpe tão cravado que o esguicho do sangue lhe salpicou a clara face, as barbas de ouro.

Depois foi uma bruta abalada. Os quatro basteiros sacudiram para o chão as andas, o corpo morto enrodilhado nos ramos — e atiraram pelo terreiro, como lebres em clareira, atrás do monge que se agachava agarrado às crinas da mula. Numa curta desfilada o Bastardo, os seis Cavaleiros, gritando o alarme, mergulharam no arraial que estacara ao Cruzeiro. Um tumulto remoinhou em torno ao devoto pilar. E em rodilhado tropel a mesnada desenfreou para a Ribeira, varou a velha ponte, logo enublada em pó e sumida para além do arvoredo, num fugidio coriscar de capelinas e de lanças apinhadas.

Uma alta grita, no entanto, atroara as muralhas de Santa Irenéia! Virotes, flechas, balas de fundas assobiavam, despedidas no mesmo furioso repente, sobre o bando de Baião: — mas apenas um dos besteiros que carregara as andas tombou, estrebuchando, com uma flecha na ilharga. Pela cancela das barreiras já Cavaleiros e donzéis de armas empurravam desesperadamente para recolher o corpo de Lourenço Ramires. E Garcia Viegas, os outros parentes, galgaram ao eirado da barbacã, donde Tructesindo se não arredara, rígido e mudo, fitando as andas e seu filho estatelado com elas sobre o terreiro da sua Honra. Quando, ao rumor, ele pesadamente se voltou — todos emudeceram ante a serenidade da sua face, mais branca que as brancas barbas, duma morta brancura de lápide, com os olhos ressequidos e cor de brasa, a latejar, a refulgir, como os dois buracos dum forno. Com a mesma sinistra serenidade, tocou no ombro do velho Ramiro, que tremia arrimado ao seu chuço. E numa vagarosa e vasta voz:

— Amigo! cuida tu do corpo de meu filho, que a alma ainda hoje, por Deus! lha vou eu sossegar!...

Afastou aqueles senhores emudecidos de assombro e de emoção — e baixou pela gasta escada de madeira, que rangia sob o peso do enorme Rico-Homem carregado de ira e dor.

Nesse momento, entre besteiros e serviçais que se atropelavam — o corpo de Lourenço Ramires transpunha o portelo das barbacãs, segurado pelo formoso Leonel e por Mendo de Briteiros, ambos afogueados de lágrimas e rouquejando ameaças furiosas contra a raça de Baião. Atrás o trôpego Ordonho gemia, abraçado à espada de Tructesindo, que apanhara no chão do Terreiro e que beijava como para a consolar. À borda do fosso uma aveleira espalhava a sombra leve num bronco tabuão pregado sobre toros — de onde, aos domingos, com o adanel dos besteiros, Lourenço dirigia os jogos de besta e frecha, distribuindo fartamente as recompensas de bolos de mel e de vinho em pichéis. Sobre essas tábuas o estiraram — recuando todos depois, enquanto aterradamente se benziam. Um Cavaleiro de Briteiros, temendo por aquela alma desamparada e sem confissão, correra à capela da Alcáçova procurar Frei Múncio. Outros, rodeando toda a muralha até o Baluarte-Velho, gritavam, com desesperados acenos, para o torreão escalavrado, onde, como um mocho, habitava o Físico. Mas o certeiro punhal do Bastardo acabara o denodado Lourenço, flor e regra de Cavaleiros por toda a terra de Riba-Cávado... E que lastimoso e desfeito —

com suja terra na face, a garganta empastada de sangue negro, as malhas do saio rotas sobre os ombros e embebidas nas carnes retalhadas, e nua, sem greva, toda inchada e roxa, a perna ferida em Canta-Pedra, onde mais sangue e lama se empastavam!

Tructesindo descia, lento e rígido. E as secas brasas dos seus olhos mais se incendiam, enquanto, através do dorido silêncio, se acercava do corpo de seu filho. Diante do banco ajoelhou, agarrou a arrefecida mão que pendia; e, junto à face manchada de sangue e terra, segredou, de alma para alma, num abafado murmúrio, que não era de despedida mas de alguma suprema promessa, e que findou num beijo demorado sobre a testa, onde uma réstia de sol rebrilhou, dardejada dentre as folhas da aveleira. Depois erguido num arrebate, atirando o braço como para nele recolher toda a força da raça, gritou:

— E agora, senhores, a cavalo, e vingança brava!

Já pelos pátios, em torno da Alcáçova, corria um precipitado fragor de armas. Aos ásperos comandos dos almocadéns as filas de besteiros, de arqueiros, de fundibulários, rolavam dos adarves dos muros para cerrar as quadrilhas. Rapidamente, os cavalariços da carga amarravam sobre o dorso das mulas os caixotes do almazém, os alforjes da trebalha. Pelas portas baixas da cozinha, peões e sergentes, antes de largar, bebiam à pressa uma conca de cerveja. E no campo das barreiras os Cavaleiros, chapeados de ferro, carregadamente se içavam, com a ajuda dos donzéis, para as altas selas dos ginetes — logo ladeados pelos seus infanções e acostados, que aprumavam a lança sobre o coxote assobiando aos lebréus.

Enfim o Alferes, Afonso Gomes, sacou da funda e desfraldou o pendão num embalanço largo em que as asas do Açor negrejaram, abertas, como soltando o vôo enfurecido. O grito agudo do Adail ressoara por toda a cerca — *ala! ala!* De cima de um marco de pedra, junto ao postigo da barbacã, Frei Múncio estendia as magras mãos ainda trêmulas, abençoava a hoste. Então Tructesindo, sobre o seu murzelo, recebeu do velho Ordonho a espada, de que tão terrivelmente se apartara. E estendendo a reluzente folha para as torres da sua Honra como para um altar, bradou:

— Muros de Santa Irenéia, não vos torne eu a ver, se em três dias, de sol a sol, ainda restar sangue maldito nas veias do traidor de Baião!

E, escancaradas as barreiras, a cavalgada tropeou em torno ao pendão solto, — enquanto, na torre de Almenara, sob o parado esplendor da sesta de agosto, o sino grande começava a tanger a finados.

Capítulo 4

Logo na ribeira do Coice, Tructesindo encontrava cortada a machado a decrépita ponte, cujos rotos barrotes e tabuões carcomidos entulhavam no fundo a corrente escassa. Na sua fuga o Bastardo acauteladamente a desmantelara para deter a cavalgada vingadora. Então a pesada hoste de Santa Irenéia avançou pela esguia ourela, ladeando os renques de choupos em demanda do vau do Espigal... Mas que tardança! Quando as derradeiras mulas de carga choutaram na terra de além-ribeira já a tarde se adoçava, e nas poças d'água, entre as poldras, o brilho esmorecia, umas ainda de ouro pálido, outras apenas rosadas. Imediatamente Dom Garcia Viegas, o *Sabedor*, aconselhou que a mesnada se dividisse: — a peonagem e a carga avançando para Montemor, esgueirada e calada, para esquivar recontros; os senhores de lança e os besteiros de cavalo arrancando em dura carreira para colher o Bastardo. Todos louvaram o ardil do *Sabedor*: e a cavalgada, aligeirada das filas tardas de arqueiros e fundibulários, largou, soltas as rédeas, através de terras ermas, depois por entre barrocais, até aos *Três-Caminhos*, desolada chã onde se ergue solitariamente aquele carvalho velhíssimo que outrora, antes de exorcizado por S. Froalengo, abrigava no sábado mais negro de janeiro, ao clarão de archotes enxofrados, a Grande Ronda de todas as bruxas de Portugal. Junto do carvalho Tructesindo sopeou a arrancada: e, alçado nos estribos, farejava as três sendas que se trifurcam e se encovam entre ásperos, lôbregos cerros de bravio e de tojo. Passara aí o Bastardo malvado?... Ah! por certo passara e toda a sua maldade — porque no respaldo duma fraga, junto a três cabras magras retouçando o mato, jazia, com os braços abertos, um pobre pastorinho morto, varado por uma frecha! Para que o triste cabreiro não soprasse novas da gente de Baião — uma bruta seta lhe atravessara o peito escarnado de fome, mal coberto de trapos. Mas por qual das sendas se embrenhara o malvado? Na terra solta, raspada pelo vento suão que rolava de entremontes, não apareciam pegadas revoltas de tropel fugindo. E, em tal solidão, nem choça ou palhoça donde vilão ou velha alapada espreitassem a levada do bando... Então, ao mando do Alferes Afonso Gomes, três almograves despediram pelos três caminhos à descoberta — enquanto os Cavaleiros, sem desmontar, desafivelavam os morriões para limpar nas faces barbudas o suor que os alagava, ou abeiravam os ginetes dum sumido fio d'água que à orla da chã se arrastava entre ralo caniçal. Tructesindo não se arredou de sob a ramaria do carvalho de S. Froalengo, imóvel sobre o murzelo imóvel, todo cerrado no ferro da sua negra armadura, as mãos juntas sobre a sela e o elmo pesadamente inclinado como em mágoa e oração. E ao lado, com as coleiras eriçadas de pregos, as sangrentas línguas penduradas, arquejavam, estirados, os seu dois mastins.

Já no entanto a espera se alongava, inquieta, enfadonha — quando o almograve que metera pela senda de Nascente reapareceu num rolo de poeira, atirando logo o alarde de longe, com a escuma alta. A hora escassa de carreira avistara num cabeço uma hoste acampada, em arraial seguro, rodeado de estaca e vala!...

— Que pendão?
— As treze arruelas.
— Deus louvado! — gritou Tructesindo, que estremeceu como acordando. — É D. Pedro de Castro, o *Castelão*, que entrou com os Leoneses e vem pelas senhoras Infantas!

Por esse caminho pois não se atrevera o Bastardo!... Mas já pela senda de Poente recolhia outro almograve contando que entre cerros, num pinhal, topara um bando de bufarinheiros genoveses, retardados desde alva, porque um deles esmorecera com mal de febres. E então?... — Então, pela borda do pinheiral apenas passara em todo o dia (no jurar dos genoveses) uma companhia de truões voltando da feira de Grajelos. Só restava pois o trilho do meio, pedregoso e esbarrancado como o leito enxuto de uma torrente. E por ele, a um brado de Tructesindo, tropeou a cavalgada. Mas já o crepúsculo tristíssimo descia — e sempre o caminho se estirava, agreste, soturno, infindável, entre os cerros de urze e rocha, sem uma cabana, um muro, uma sebe, rasto de rês ou homem. Ao longe, mais ao longe, enfim, enxergaram a campina árida, coberta de solidão e penumbra, dilatada na sua mudez até a um céu remoto, onde já se apagava uma derradeira tira de poente cor de cobre e cor de sangue. Então Tructesindo detém a abalada, rente de espinheiros que se torciam nas lufadas mais rijas do suão:

— Por Deus, senhores, que corremos em pressa vã e sem esperança!... Que pensais, Garcia Viegas?

Todo o bando se apinhara: e uma fumarada subia dos ginetes arquejantes sob as coberturas de malha. O *Sabedor* estendeu o braço:

— Senhores! O Bastardo, antes de nós, galgou de escapada essa campina além, e meteu a Vale-Murtinho para pernoitar na Honra de Agredel, que é bem afortalezada e parenta de Baião...

— E nós, pois, D. Garcia?

— Nós, senhores e amigos, só nos resta também pernoitar. Voltemos aos *Três-Caminhos*. E de lá, em boa avença, ao arraial do Sr. D. Pedro de Castro, a pedir agasalho... A par de tamanho senhor encontraremos mais fartamente que nos nossos alforjes o que todos, cristãos e brutos, vamos necessitando, cevada, um naco de vianda, e de vinhos três golpes rijos...

Todos bradaram com alvoroço: — "Bem traçado! bem traçado!..." — E de novo, pelo barranco pedregoso, a cavalgada trotou pesadamente para os *Três-Caminhos* — onde já dois corvos se encarniçavam sobre o corpo do pastorinho morto.

Em breve, ao cabo do caminho do Nascente, no cabeço alto, alvejaram as tendas do arraial, ao clarão das fogueiras que por todo ele fumegavam. O Adail de Santa Irenéia arrancou da buzina três sons lentos anunciando Filho-de-Algo. Logo de dentro da estacada outras buzinas soaram, claras e acolhedoras. Então o Adail galopou até o valado, a anunciar às atalaias postadas nas barreiras, entre luzentes fogos de almenara, a mesnada amiga dos Ramires. Tructesindo parara no córrego escuro, que o pinheiral cerrado mais escurecia movendo e gemendo no vento. Dois Cavaleiros, de sobreveste negra e capuz, logo correram pelo pendor do outeiro — bradando que o Sr. D. Pedro de Castro esperava o nobre senhor de Santa Irenéia e muito se prazia para todo seu regalo e serviço! Silenciosamente Tructesindo desmontou; e com D. Garcia Viegas, e Leonel de Samora e Mendo de Briteiros e outros parentes do solar, todos sem lança ou broquel, descalçados os guantes, galgaram o cabeço até a estacada, cujas cancelas se escancararam, mostrando na claridade incerta dos fogaréus sombrios, magotes de peões — onde, por entre os bacinetes de ferro, surgiam toucas amarelas de mancebas e gorros enguizalhados de jograis. Apenas o velho assomou aos barrotes dois infanções, sacudindo a espada, bradaram:

— Honra! honra! aos Ricos-Homens de Portugal!

As trompas misturavam o clangor ríspido aos rufos lassos dos tambores. E por entre a turba, que caladamente recuara em alas lentas, avançou, precedido por quatro Cavaleiros que erguiam archotes acesos, o velho D. Pedro de Castro, o *Castelão*, o homem das longas guerras e dos vastos senhorios. Um corselete de anta com lavores de prata cingia o seu peito já curvado, como consumido por tamanhas fadigas de pelejar e tamanhas cobiças de reinar. Sem elmo, sem armas, apoiava a mão cabeluda de rijas veias a um bastão de marfim. E os olhos encovados faiscavam, com afável curiosidade, na requeimada magreza da face, de nariz mais recurvo que o bico de um falcão, repuxada a um lado por um fundo gilvaz que se sumia na barba crespa, aguda e quase branca.

Diante do senhor de Santa Irenéia alargou vagarosamente os braços. E com um grave riso que mais lhe recurvou, sobre a barba espetada, o nariz de rapina:

— Viva Deus! Grande é a noite que vos traz, primo e amigo! Que não a esperava eu de tanta honra, nem sequer de tanto gosto!...

Com grave amizade acolhia o velho homem de guerra aquele seu primo de Portugal, que lhe trouxera a sua forte mesnada, de Santa Irenéia, quando os Castros combateram um grande poder de Mouros em Enxarez de Sandornim. Depois, na vasta tenda, reluzente de armas, tapizada de peles de leão e de urso, Tructesindo contava, ainda a arfar de dor represa, a morte de seu filho Lourenço, ferido na lide de Canta-Pedra, acabado a punhalada pelo Bastardo de Baião, diante das muralhas de Santa Irenéia, com o sol no céu alto a olhar a traição! Indignado, o velho Castro esmurraçou a mesa, onde um rosário de ouro se misturava a grossas peças de xadrez; jurou pela vida de Cristo, que, em sessenta anos de armas e surpresas nunca soubera de feito mais vil! E agarrando a mão do senhor de Santa Irenéia, ardentemente lhe ofereceu, para a empresa da santa vingança, a sua hoste inteira — trezentas e trinta lanças, vasta e rija peonagem.

— Por Santa Maria! Formosa arrancada! — bradou Mendo de Briteiros com as vermelhas barbas a flamejar de gosto.

Mas D. Garcia Viegas, o *Sabedor*, entendia que para colherem o Bastardo vivo, como convinha a uma vingança vagarosa e bem gozada, mais utilmente serviria uma calada e curta fila de Cavaleiros, com alguns homens de pé...

— Por que, D. Garcia?

— Porque o Bastardo, depois de se aligeirar, junto da Ribeira, da peonada e carriagem correra, com a mira em Coimbra, para se acolher à força da Hoste Real. Nessa noite, com o seu esfalfado bando de lanças, pernoitara certamente no solar de Landim. E com o luzir da alva, para encurtar, certamente retomava a galopada pelo velho caminho de Miradães, que trepa e foge através das lombas do Caramulo. Ora ele, Garcia Viegas, conhecia para diante do *Poço da Esquecida*, certo passo, onde poucos Cavaleiros, e alguns besteiros, bem postados por entre o bravio, apanhariam Lopo de Baião como lobo em fojo...

Tructesindo, incerto e pensativo, metia os dedos lentos pelos fios da barba. O velho Castro duvidava, preferindo que se pusesse batalha ao Bastardo em campo bem liso onde se avantajassem tantas lanças já aprestadas, que depois correriam em alegre levada a assolar as terras de Baião. Então Garcia Viegas rogou aos seus primos de Espanha e de Portugal que saíssem ao terreiro, diante da tenda, com fartura de tochas para bem se alumiarem. E aí, no meio dos Cavaleiros curiosos, à claridade dos lumes inclinados, D. Garcia vergou o joelho, riscou sobre a terra, com a ponta duma adaga, o roteiro da *sua caçada* para lhe comprovar a beleza... Dalém castelo Landim, largaria com a alva o Bastardo. Por aqui, quando a lua nascesse, abalariam eles, com vinte Cavaleiros dos Ramires e dos Castros, para que lidadores de ambas as mesnadas gozassem a lide. Além, se postariam, alapados no matagal, besteiros e peões de frecha. Por trás, deste lado, para entaipar o Bastardo, o senhor D. Pedro de Castro, se com tão gostosa ajuda ele honrasse o Senhor de Santa Irenéia. Adiante, acolá, para colher pela gorja o vilão, o senhor D. Tructesindo que era o pai e Deus mandava fosse o vingador. E ali, na estreitura o derrubariam e o sangrariam como um porco — e como o sangue era vil, a um tiro de besta encontrariam água farta para lavar as mãos, a água do *pego das Bichas*!...

— Famosa traça! — murmurou Tructesindo convencido.

E D. Pedro de Castro bradou atirando um faiscante olhar aos Cavaleiros de Espanha:

— Vida de Cristo, que se meu tio-avô Gutierres tivera por Coudel aqui o Sr. D. Garcia, não lhe escapavam os de Lara quando levaram o Rei-Menino, na grande carreira, para Santo Estêvão de Gurivaz!... Entendido pois, primo e amigo! E a cavalo, para a monteria, mal reponte a lua!

E recolheram as tendas — que já nas fogueiras lourejavam os cabritos da ceia, e os uchões acarretavam, dentre os carros da sarga, os pesados odres de vinho de Tordesilhas.

Capítulo Final

Era enfim a madrugada vingadora em que os Cavaleiros de Santa Irenéia, reforçados pelas mais nobres lanças da mesnada dos Castros, surpreendiam, no bravio desfiladeiro marcado por Garcia Viegas, o Sabedor, o bando de Baião, na sua açodada corrida sobre Coimbra... Briga curta e falsa, sem destro e brioso terçar de armas, mais semelhante a montaria contra um lobo do que a arremetida contra um Filho-de-Algo. E assim a desejara Tructesindo, com ruidosa aprovação de D. Pedro de Castro, porque não se cuidava de combater um inimigo, mas de colher um matador.

Antes do luzir da alva, o Bastardo abalara do castelo de Landim, em dura pressa e com tão descuidada segurança, que nem almogávar nem coudel lhe ataiaiavam os trilhos. As cotovias cantavam quando ele, em áspero trote, penetrou por essa brecha, entalada entre escarpas de penedia e urze, que chamam a *Racha do Moiro,* desde que Mafoma a fendeu para que escapassem às adagas cristãs de El-Rei Fernando, o *Magno,* o Alcaide mouro de Coimbra e a monja que ele arrebatara à garupa. E apenas pela esguia greta enfiara a derradeira lança da fila — eis que da outra embocadura do vale surge o cerrado troço dos Cavaleiros de Santa Irenéia, que Tructesindo guia, com a viseira erguida, sem broquel, sacudindo apenas uma ascuma de monte como se folgadamente andasse em caçada. Da selva arredada que os encobria, rompem por trás as lanças dos Castros, ristadas e cerrando a brecha mais densamente que as puas duma levadiça. Do recosto dos cerros rola, como represa solta, uma rude e escura peonagem! Colhido, perdido, o Bastardo terrível! Ainda arranca furiosamente a espada, que redemoinhando o coroa de coriscos. Ainda com um fero grito arremete contra Tructesindo... Mas bruscamente, dentre um escuro magote de fundeiros baleares, parte ondeando uma corda de cânave, que o laça pela gargalheira, o arranca num brusco sacão da sela mourisca, o derriba, sobre pedregulhos em que a sua larga espada se entala e se parte rente ao punho dourado. E enquanto os Cavaleiros de Baião agüentam assombradamente o denso cerco de lanças, que os envolvera — um rolo de peões, em dura grita, como mastins sobre um cerdo, arrastam o Bastardo para a lomba do outeiro, onde lhe arrancam broquel e adaga, lhe despedaçam o brial de lã roxa, lhe quebram os fechos do elmo, para lhe cuspirem na face, nas barbas cor de ouro, tão belas e de tanto orgulho!

Depois a mesma bruta matula o iça, amarrado, para sobre o dorso duma possante mula de carga, o estende entre dois esguios caixotes de virotões, como rês apanhada ao recolher da montaria. E servos da carriagem ficam guardando o Cavaleiro soberbo, o *Claro-Sol* que alumiava a casa de Baião, agora entaipado entre dois caixotes de pau, com cordas nos pés, e cordas nas mãos, e nelas espetado um triste ramo de cardo — emblema da sua traição.

No entanto os seus quinze Cavaleiros juncavam o chão, esmagados sob o furioso cerco de lanças que os investira — uns hirtos, como adormecidos, dentro das negras armaduras, outros torcidos, desfeitos, com as carnes retalhadas, pendendo horrendamente entre malhas rotas dos lorigais. Os escudeiros, colhidos, empurrados a pontoada de chuço para a boca duma barroca, sem resgate ou mercê, como alcatéia imunda de roubadores de gado, acabaram, decepados a macheta pelos barbudos estafeiros leoneses. Todo o vale cheirava a sangue como um pátio de magarefes. Para reconhecer os companheiros do Bastardo, uma turma de Cavaleiros desafivelava os gorjais, as viseiras, arrancando furtivamente as medalhas de prata, os bentos, saquinhos de relíquias, que todos traziam como bem-tementes. Numa face, de fina barba negra, que uma espuma sangrenta manchava, Mendo de Briteiros reconheceu seu primo Soeiro de Lugilde com quem, pela fogueira de S. João, folgara tão docemente e bailara no castelo de Unhelo, — e vergado sobre a alta sela rezou, pela pobre alma sem confissão, uma devota Ave-Maria. Fuscas, tristonhas nuvens, abafavam a manhã de agosto. E afastados à entrada do vale, sob a ramagem dum velho azinheiro, Tructesindo, D. Pedro de Castro, e Garcia Viegas, o *Sabedor*, decidiam que morte lenta, e bem dorida e viltosa, se daria ao Bastardo, vilão de tão negra vilta.

Mas não! Sob a folhagem do azinheiro, os três Cavaleiros combinavam com lentidão uma vingança terrífica. Tructesindo desejara logo recolher a Santa Irenéia, alçar uma forca diante das barbacãs, no chão em que seu filho rolara morto, e nela enforcar, depois de bem açoitado, como vilão, o vilão que o matara. O velho D. Pedro de Castro, porém, aconselhava despacho mais curto, e também gostoso. Para que rodear por Santa Irenéia, desbaratar esse dia de agosto na arrancada que os levava a Montemor, a socorro das Infantas de Portugal? Que se estendesse o Bastardo amarrado sobre uma trave, aos pés de D. Tructesindo, como porco pelo Natal, e que um cavalariço lhe chamuscasse as barbas, e depois outro, com facalhão de ucharia, o sangrasse no pescoço, pachorrentamente.

— Que vos parece, Sr. D. Garcia?

O *Sabedor* desafivelara o casco de ferro, limpava nas rugas o suor e a poeira da lide:

— Senhores e amigos! Temos melhor, e perto também, sem delongas de cavalgada, logo adiante destes cerros, no *Pego das Bichas*... E nem torcemos caminho, que de lá, por Tordezelo e Santa Maria da Varge, endireitamos a Montemor, tão direitos como voa o corvo... Confiai em mim, Tructesindo! Confiai em mim, que eu arranjarei ao Bastardo tal morte e tão vil, que doutra igual se não possa contar desde que Portugal foi condado.

— Mais vil que forca, para Cavaleiro, meu velho Garcia?

— Lá vereis, senhores e amigos, lá vereis!

— Seja! Mandai dar às buzinas.

Ao comando de Afonso Gomes, o Alferes, as buzinas soaram. Um troço de besteiros e de estafeiros Leoneses rodearam a mula que carregava o Bastardo amarrado e entalado entre dois caixotes. E acaudilhada por D. Garcia, a curta hoste meteu para o *Pego das Bichas*, em desbando, com os senhores de lança espalhados, como em marcha de folgança e paz, e todos numa rija falada recordando, entre gabos e risos, as proezas da lide.

A duas léguas de Tordezelo e do seu castelo formoso, se escondia entre os cerros o *Pego das Bichas*. Era um lugar de eterno silêncio e de eterna tristeza.

> *Nem trilo de ave em balançado ramo!*
> *Nem fresca flor junto de fresco arroio!*
> *Só rocha, matagal, ribas soturnas,*
> *E em meio o* Pego, *tenebroso e morto!...*

E quando os primeiros Cavaleiros, galgada a lomba dum cerro, o avistaram, na melancolia da manhã nevoenta, emudeceram da larga falada, repuxaram os freios, assustados ante tão áspero ermo, tão propício a Bruxas, a Avantesmas e a Almas penadas. Diante do escalavrado barranco, por onde os ginetes escorregavam, ondulava uma ribanceira, aberta com charcos lamacentos, quase chupados pela estiagem, luzindo pardamente, por entre grossos pedregulhos e o tojo rasteiro. Ao fundo, a meio tiro de besta, negrejava o *Pego*, lagoa estreita, lisa, sem uma ruga n'água, duramente negra, com manchas mais negras, como lâmina de estanho onde alastrasse a ferrugem do tempo e do abandono. Em torno subiam os cerros, eriçados de mato bravio e alto, sulcados por trilhos de saibro vermelho como por fios de sangue que escorresse, e rasgado no alto por penedias lustrosas, mais brancas que ossadas. Tão pesado era o silêncio, tão pesada a soledade, que o velho D. Pedro de Castro, homem de tanta jornada, se espantou:

— Feia paragem! E voto a Cristo, a Santa Maria, que nunca antes de nós, nela entrou homem remido pelo batismo.

— Pois, Sr. D. Pedro de Castro! — acudiu o *Sabedor*, já por aqui se moveu muita lança, e luzida, e ainda em tempos do Conde D. Soeiro, e de vosso Rei D. Fernando, se erguia naquela beira d'água, uma castelania famosa! Vede além! — E mostrava na ponta do *pego*, fronteira ao barranco, dois rijos pilares de pedra, que emergiam da água negra, e que chuva e vento poliram como mármores finos. Um passadiço de traves, sobre estacas limosas e meio apodrecidas, atava a margem ao mais grosso dos pilares. E a meio desse rude esteio pendia uma argola de ferro.

No entanto já o tropel da peonagem se espalhara pela ribanceira. D. Garcia Viegas desmontou, bradando por Pero Ermigues, o Coudel dos besteiros de Santa Irenéia. E, ao lado do ginete de Tructesindo, risonho e gozando a surpresa, ordenou ao Coudel que seis dos seus rijos homens descessem o Bastardo da mula, o estirassem no chão, o despissem, todo nu, como sua mãe barregã o soltara à negra vida...

Tructesindo encarou o *Sabedor*, franzindo as sobrancelhas hirsutas:

— Por Deus, D. Garcia! que me ides simplesmente afogar o vilão, e sujar essa água inocente!...

E alguns Cavaleiros, em redor, murmuraram também contra morte tão quieta e sem malícia. Mas os miúdos olhos de D. Garcia giravam, lampejavam de triunfo e gosto:

— Sossegai, sossegai! Velho estou certamente, mas ainda o senhor Deus me consente algumas traças. Não! Nem enforcado, nem degolado, nem afogado... Mas chupado, senhores! Chupado em vida, e devagar, pelas grandes sanguessugas que enchem toda essa água negra!

D. Pedro de Castro, maravilhado, bateu o guante nas solhas do coxote:

— Vida de Cristo! Que ter numa hoste o Sr. D. Garcia, é ter juntamente, para marchas e conselho, enrolados num só, Anibal e Aristóteles!

Um rumor de admiração correu pela hoste:

— Boa traça, boa traça!

E Tructesindo, radiante, bradava:

— Andar, andar, besteiros! E vós, senhores, recuai para a lomba do cerro, como para palanque, que vai ser grande a vista! Já seis besteiros descarregavam da mula o Bastardo amarrado. Outros cercavam, com molhos de cordas. E, como magarefes para esfolar uma rês, toda a rude turma se abateu sobre o malfadado, arrancando por cordas que desatavam a cervilheira, o saio, as grevas, os sapatões de ferro, depois a grossa roupa de linho encardido. Agarrado pelos compridos cabelos, filado pelos pés, onde se cravavam agudas unhas no furor de o manter, com os braços esmagados sob outros grossos braços retesos, o possante Bastardo ainda se estorcia, urrando, cuspindo contra as faces confusas da matulagem um cuspo avermelhado, que espumava!

Mas, por entre o escuro tropel que o cobria, o seu corpo, todo despido, branquejava, atado com cordas mais grossas. Lentamente o seu furioso urrar esmorecia, arquejado e rouquenho. E um após outro se erguiam os besteiros, esfalfados, bufando, limpando o suor do esforço.

No entanto os Cavaleiros de Espanha, de Santa Irenéia, desmontavam cravando o couto das lanças entre o tojo e as pedras. Todos os recostos dos outeiros se cobriam da mesnada espalhada, como palanques em tarde de justa. Sobre uma rocha mais lisa, que dois magros espinheiros toldavam de folha rala, um pajem estendera peles de ovelha para o Sr. D. Pedro de Castro, para o senhor de Santa Irenéia. Mas só o velho *Castelão* se acomodou, para uma repousada delonga, desafivelando o seu corselete de ferro tauxiado de ouro.

Tructesindo permanecera erguido, mudo, com os guantes apoiados ao punho da sua alta espada, os olhos fundos avidamente cravados na tenebrosa lagoa que, com morte tão fera e tão suja, vingaria seu filho... E pela borda do *Pego*, peões, e alguns Cavaleiros de Espanha, remexiam com virotões, com os coutos das ascumas, a água lodosa, na curiosidade das negras bichas escondidas, que o povoavam.

Subitamente a um brado de D. Garcia, que rondava, toda a chusma de peões amontoada em torno ao Bastardo se arredou: — e o forte corpo apareceu, nu e branco, sobre a terra negra, com um denso pêlo ruivo nos peitos, a sua virilidade afogada noutra mata de pêlo ruivo, e todo ligado por cordas de cânave que o inteiriçavam. Naquela rigidez de fardo, nem as costelas arfavam — apenas os olhos refulgiam, ensangüentados, horrendamente esbugalhados pelo espanto e pelo furor. Alguns Cavaleiros correram a mirar a aviltada nudez do homem famoso de Baião. O senhor dos Paços de Argelim mofou, com estrondo:

— Bem o sabia, por Deus! Corpo de manceba, sem costura de ferida!...

Leonel de Samora raspou o sapato de ferro pelo ombro do malfadado:

— Vede este *Claro-Sol*, tão claro, que se apaga agora, em água tão negra!

O Bastardo cerrava duramente as pálpebras, — donde duas grossas lágrimas escaparam, lentamente rolaram... Mas um agudo pregão ressoou pela ribanceira:

— Justiça! Justiça!

Era o Adail de Santa Irenéia, que marchava, sacudia uma lança, atroava os cerros:

— Justiça! justiça que manda fazer o senhor de Treixedo e de Santa Irenéia, num perro matador!... Justiça num perro, filho de perra, que matou vilmente, e assim morra vilmente por ela!...

Três vezes pregoou por diante da hoste apinhada nos cerros. Depois quedou, saudou humildemente Tructesindo Ramires, o velho Castro, — como a julgadores no seu Estrado de julgamento.

— Aviai, aviai! — bradava o Senhor de Santa Irenéia.

Imediatamente, a um comando do *Sabedor*, seis besteiros, com as pernas embrulhadas em mantas da carga, ergueram o corpo do Bastardo como se ergue um morto enrolado no seu lençol, e com ele entraram na água, até o mais alto pilar de granito. Outros, arrastando molhos de cordas, correram pelo limoso passadiço de traves. Com um alarido de *agüenta! endirei-*

ta! alça! num desesperado esforço o robusto corpo branco foi mergulhado n'água até as virilhas, arrimado ao mais alto pilar, depois nele atado com um longo calabre que, passando pela argola de ferro, o suspendia, sem escorregar, tão seguro e colado como um rolo de vela que se amarra ao mastro. Rapidamente os besteiros fugiram d'água, desentrapando logo as pernas, que palpavam, raspavam no horror das bichas sugadoras. Os outros recolheram pelo passadiço, numa fila que se empurrava. No *Pego* ficava Lopo de Baião bem arranjado para a vistosa morte lenta, com a água que já o afogava até as pernas, com cordas que o enroscavam até o pescoço, como a um escravo no poste; e uma espessa mecha dos cabelos louros laçada na argola de ferro, repuxando a face clara, para que todos nela gozassem largamente a humilhada agonia do *Claro-Sol*.

Então o atento da hoste, esperando espalhada pelos recostos dos cerros, mais entristeceu o enevoado silêncio do ermo. A água jazia sem um arrepio, com as suas manchas, negras como uma lâmina de estanho enferrujado. Entre as cristas das rochas, arqueiros postados pelo *Sabedor* atalaiavam, para além, os descampados. Um alto vôo de gralha atravessou grasnando. Depois um bafo lento agitou as flâmulas das lanças cravadas no tojo denso.

Para despertar, aviar a lentidão das bichas, alguns peões atiravam pedras à água lodosa. Já alguns Cavaleiros espanhóis rosnavam impacientes com a delonga, naquela cova abafada. Outros, descendo agachados à borda da lagoa, para mostrar que as faladas bichas nunca acudiriam, mergulhavam lentamente, n'água negra, as mãos descalçadas, que depois sacudiam, rindo e mofando do *Sabedor...* Mas de repente um estremeção sacudiu o corpo do Bastardo; os seus rijos músculos, no furioso esforço de se desprenderem, inchavam entre as cordas, como cobras que se arqueiam; dos beiços arreganhados romperam, em rugidos, em grunhidos, ultrajes e ameaças contra Tructesindo covarde, e contra toda a raça de Ramires, que ele emprazava, dentro do ano, para as labaredas do Inferno! Indignado, um Cavaleiro de Santa Irenéia agarrou uma besta de garrunche, a que retesou a corda.

Mas D. Garcia deteve o arremesso:

— Por Deus, amigo! Não roubeis às sanguessugas nem uma pinga daquele sangue fresco!... Vede como vêm! vede como vêm!

Na água espessa, em torno às coxas mergulhadas do Bastardo, um frêmito corria, grossas bolhas empolavam, — e delas, molemente, uma bicha surdiu, depois outra e outra, luzidias e negras, que ondulavam, se colavam à branca pele do ventre, donde pendiam, chupando, logo engrossadas, mais lustrosas com o lento sangue que já escorria. O Bastardo emudecera — e os seus dentes batiam estridentemente. Enojados, até rudes peões desviaram a face cuspindo para as urzes. Outros, porém, chasqueavam, assuavam as bichas, gritando: — *a ele, donzelas! a ele!* E o gentil Çamora de Cendufe clamava rindo contra tão insossa morte! Por Deus! Uma aposta de bichas, como a enfermo de almorreimas. Nem era sentença de Rico-Homem — mas receita de herbanista mouro!

— Pois que mais quereis, meu Leonel? — acudiu alegremente o *Sabedor*, resplandecendo. — Morte é esta para se contar em livros! E não tereis este inverno serão à lareira, por todos os solares de Minho a Douro, em que não volte a história deste *Pego*, e deste feito! Olhai nosso primo Tructesindo Ramires! Formosos tratos presenciou decerto em tão longo lidar de armas!... E como goza! tão atento! tão maravilhado!

Na encosta do outeiro, junto do seu balsão, que o Alferes cravara entre duas pedras, e como ele tão quedo, o velho Ramires não despregava os olhos do corpo do Bastardo, com deleite bravio, num fulgor sombrio. Nunca ele esperara vingança tão magnífica! O homem que atara seu filho com cordas, o arrastara numas andas, o retalhara a punhal diante das barbacãs da sua Honra — agora, vilmente nu, amarrado também como cerdo, pendurado dum pilar, emergido numa água suja, e chupado por sanguessugas, diante de duas mesnadas, das melhores de Espanha, que miravam, que mofavam! Aquele sangue, o sangue da raça detestada, não o bebia a terra revolta numa tarde de batalha, escorrendo de ferida honrada, através de rija armadura — mas, gota a gota, escuramente e molemente se sumia, sorvido por nojentas bichas, que surdiam famintas do lodo e no lodo recaíam fartas, para sobre o lodo bolçar o orgulhoso sangue que as enfartara. Num charco, onde ele o mergulhara, viscosas bichas bebiam sossegadamente o Cavaleiro de Baião! Onde houvera homizio de solares fundado em desforra mais doce?

E a fera alma do velho acompanhava, com inexorável gozo, as sanguessugas subindo, espalhadamente alastrando por aquele corpo bem amarrado, como seguro rebanho pela encosta da colina onde pasta. O ventre já desaparecia sob uma camada viscosa e negra, que latejava, reluzia na umidade morna do sangue. Uma fila sugava a cinta, encovada pela ânsia, donde sangue se esfiava, numa franja lenta. O denso pêlo ruivo do peito, como a espessura duma selva, detivera muitas, que ondulavam, com um rasto de lodo. Um montão enovelado sangrava um braço. As mais fartas, já inchadas, mais reluzentes, despegavam, tombavam molemente: mas logo outras, famintas, se aferravam. Das chagas abandonadas o sangue escorria delgado, represo nas cordas, donde pingava como uma chuva rala. Na escura água boiavam gordas postemas de sangue esperdiçado. E assim sorvido, ressumando sangue, o malfadado ainda rugia, através ultrajes imundos, ameaças de mortes, de incêndios, contra a raça dos Ramires! Depois, com um arquejar em que as cordas quase estalavam, a boca horrendamente escancarada e ávida, rompia aos roucos urros, implorando *água, água!* No seu furor as unhas, que uma volta de amarras lhe colara contra as fortes coxas, esfarrapavam a carne, cravavam-se na fenda esfarrapada, ensopadas de sangue.

E o furioso tumulto esmorecia num longo gemer cansado — até que parecia adormecido nos grossos nós das cordas, as barbas reluzindo sob o suor que as alagara como sob um grosso orvalho, e entre elas a espantada lividez dum sorriso delirado.

No entanto já na hoste derramada pelos cerros, como por um palanque, se embotara a curiosidade bravia daquele suplício novo. E se acercava a hora da ração de meridiana. O Adail de Santa Irenéia, depois o Almocadém Espanhol, mandaram soar os anafins. Então todo o áspero ermo se animou com uma faina de arraial. O almazém das duas mesnadas parara por detrás dos morros, numa curta almargem de erva, onde um regato claro se arrastava nos seixos, por entre as raízes de amieiros chorões. Numa pressa esfaimada, saltando sobre as pedras, os peões corriam para a fila dos machos de carga, recebiam dos uchões e estafeiros a fatia de carne, a grossa metade dum pão escuro: e, espalhados pela sombra do arvoredo, comiam com silenciosa lentidão, bebendo da água do regato pelas concas de pau. Depois preguiçavam, estirados na relva, — ou trepavam em bando pela outra encosta dos morros, através do mato, na esperança de atravessar com um virote alguma caça erradia. Na ribanceira, diante da lagoa, os Cavaleiros, sentados sobre grossas mantas, comiam também, em roda dos alforjes abertos, cortando com os punhais nacos de gordura nas grossas viandas de porco, empinando, em longos tragos, as bojudas cabaças de vinho.

Convidado por D. Pedro de Castro, o velho *Sabedor* descansava, partilhando duma larga escudela de barro, cheia de *bolo papal*, dum bolo de mel e flor de farinha, onde ambos enterravam lentamente os dedos, que depois limpavam ao forro dos morriões. Só o velho Tructesindo não comia, não repousava, hirto e mudo diante do seu pendão, entre os seus dois mastins, naquele fero dever de acompanhar, sem que lhe escapasse um arrepio, um gemido, um fio de sangue, a agonia do Bastardo. Debalde o *Castelão*, estendendo para ele um pichel de prata, gabava o seu vinho de Tordesilhas, fresco como nenhum de Aquilat ou de Provins, para a sede de tão rija arrancada. O velho Rico-Homem nem atendera: — e D. Pedro de Castro, depois de atirar dois pães aos alões fiéis, recomeçou discorrendo com Garcia Viegas sobre aquele teimoso amor do Bastardo por Violante Ramires que arrastara a tantos homizios e furores.

— Ditosos nós, Sr. D. Garcia! Nós a quem a idade e o quebranto e a fartura já arredam dessas tentações... Que a mulher, como me ensinava certo físico quando eu andava com os Moiros, é vento que consola e cheira bem, mas tudo enrodilha e esbandalha. Vede como os meus por elas penaram! Só meu pai, com aquela desvairança de zelos, em que matou a cutelo minha doce madre Estevaninha. E ela tão santa, e filha do Imperador! A tudo, tudo leva, a tonta ardência! Até a morrer, como este, sugado por bichas, diante duma hoste que merenda e mofa. E por Deus, quanto tarda em morrer, Sr. D. Garcia!

— Morrendo está, Sr. D. Pedro de Castro. E já com o demo ao lado para o levar!

O Bastardo morria. Entre os nós das cordas ensangüentadas todo ele era uma ascorosa avantesma escarlate e negra com as viscosas pastas de bichas que o cobriam, latejando com os lentos fios de sangue que de cada ferida escorriam, mais copiosos que os regos de umidade por um muro denegrido.

O desesperado arquejar cessara, e a ânsia contra as cordas, e todo o furor. Mole e inerte como um fardo, apenas a espaços esbugalhava horrendamente os olhos vagarosos, que revolvia em torno com enevoado pavor. Depois a face abatia, lívida e flácida, com o beiço pendurado, escancarando a boca em cova negra, de onde se escoava uma baba ensangüentada. E das pálpebras novamente cerradas, entumecidas, um muco gotejava, também como de lágrimas engrossadas com sangue.

A peonagem, no entanto, voltando da ração, reatulhava a ribanceira, pasmava, com rudes chufas para o corpo pavoroso que as bichas ainda sugavam. Já os pajens recolhiam mantéis e alforjes. D. Pedro de Castro descera do cabeço com o *Sabedor* até a borda da água lodosa, onde quase mergulhava os sapatos de ferro, para contemplar, mais de cerca, o agonizante de tão rara agonia! E alguns senhores, estafados com a delonga, afivelando os gibanetes, murmuravam: — "Está morto! Está acabado!"

Então Garcia Viegas gritou ao Coudel dos Besteiros:

— Ermigues, ide ver se ainda resta alento naquela postema.

O Coudel correu pelo passadiço de traves, e arrepiado de nojo palpou a lívida carne, acercou da boca, toda aberta, a lâmina clara da adaga que desembainhara.

— Morto! morto! — gritou.

Estava morto. Dentro das cordas que o arroxeavam o corpo escorregava, engelhado, chupado, esvaziado. O sangue já não manava, havia coalhado em postas escuras, onde algumas bichas teimavam latejando, reluzindo. E outras ainda subiam, tardias. Duas, enormes, remexiam na orelha. Outra tapava um olho. O *Claro-Sol* não era mais que uma imundície que se decompunha. Só a madeixa dos cabelos louros, repuxada, presa na argola, reluzia com um lampejo de chama, como rastro deixado pela ardente alma que fugira.

Com a adaga ainda desembainhada, e que sacudia, o Coudel avançou para o senhor de Santa Irenéia, bradou:

— Justiça está feita, que mandastes fazer no perro matador que morreu!

Então o velho Rico-Homem atirando o braço, o cabeludo punho, com possante ameaça, bradou, num rouco brado que rolou por penhascos e cerros:

— Morto está! E assim morra de morte infame quem traidoramente me afronte a mim e aos da minha raça!

Depois, cortando rigidamente pela encosta do cerro, através do mato, e com um largo aceno ao Alferes do Pendão:

— Afonso Gomes, mandai dar as buzinas. E a cavalo, se vos praz, Sr. D. Pedro de Castro, primo e amigo, que leal e bom me fostes!...

O *Castelão* ondeou risonhamente o guante:

— Por Santa Maria, primo e amigo! que gosto e honra os recebi de vós. A cavalo pois se vos praz! Que nos promete aqui o Sr. D. Garcia vermos ainda, com sol muito alto, os muros de Montemor.

Já a peonagem cerrava as quadrilhas, os donzéis de armas puxavam para a ribanceira os ginetes folgados que a vasta água escura assustava. E, com os dois balsões tendidos, o Açor negro, as Treze Arruelas, a fila da cavalgada atirou o trote pelo barranco empinado, donde as pedras soltas rolavam. No alto, alguns Cavaleiros ainda se torciam nas selas para silenciosamente remirarem o homem de Baião, que lá ficava, amarrado ao pilar, na solidão do *Pego*, a apodrecer. Mas quando a ala dos besteiros e fundibulários de Santa Irenéia desfilou, uma rija grita rompeu, com chufas, sujas injúrias ao "perro matador". A meio da escarpa, um besteiro, virando, retesou furiosamente a besta. A comprida garruncha apenas varou a água. Outra logo ziniu, e uma bala de funda, e uma seta barbada, — que se espetou na ilharga do Bastardo, sobre um negro novelo de bichas. O Coudel berrou: "cerra! anda!" A récua das azêmolas de carga avançava, sob o estalar dos látegos: os moços da carriagem apanhavam grossos pedregulhos, apedrejavam o morto. Depois os servos carreteiros marcharam, nos seus curtos saios de couro cru, balançando um chuço curto: — e o capataz apanhou simplesmente esterco das bestas, que chapou na face do Bastardo sobre as finas barbas de ouro.

Este livro foi impresso na cidade de São Paulo,
em outubro de 1997, pela Hamburg Gráfica
para a Editora Nova Aguilar.
O tipo usado no texto foi Centaur,
no corpo 11/14, com títulos e cabeços Shelley.
Os fotolitos de miolo e capa
foram feitos pela Degraus Rio.
O papel de miolo é off set 90g
e o da capa é vergê 240g.